U0951167

宁夏诗歌学会丛书

青铜铸造

朱敏 著

滚烫的铜水流进木质的模子
雕刻出的纹络把悲伤情绪用另一种恒久掩埋
青铜的面容经过千万年风雨侵袭丝毫不改
多世轮回，来到金戈铁马连年征战的地方
山静默，水无声，芦苇丛生却不见你的身影
我留下，只等一个青铜铸造的你

黄河出版传媒集团
宁夏人民出版社

图书在版编目（CIP）数据

青铜铸造 / 朱敏著. —银川：宁夏人民出版社，2016.9
（宁夏诗歌学会丛书 / 杨梓主编）
ISBN 978-7-227-06444-2

Ⅰ.①青… Ⅱ.①朱… Ⅲ.①诗集—中国—当代
Ⅳ.①I227

中国版本图书馆CIP数据核字（2016）第239078号

青铜铸造　　朱　敏　著

责任编辑　陈　晶
封面设计　伊　青
责任印制　肖　艳

黄河出版传媒集团
宁夏人民出版社　出版发行

出 版 人　王杨宝
地　　址　宁夏银川市北京东路139号出版大厦（750001）
网　　址　http://www.nxpph.com　http://www.yrpubm.com
网上书店　http://shop126547358.taobao.com　http://www.hh-book.com
电子信箱　nxrmcbs@126.com　renminshe@yrpubm.com
邮购电话　0951-5019391　5052104
经　　销　全国新华书店
印刷装订　宁夏精捷彩色印务有限公司
印刷委托书号　（宁）0002771

开本　889mm×1194mm　1/32
印张　5.5　字数　160千字
版次　2016年10月第1版
印次　2016年10月第1次印刷
书号　ISBN 978-7-227-06444-2/I・1664
定价　30.00元

版权所有　侵权必究

序：我所见过的雏菊

王海侠

认识朱敏，是在 2012 年。先认识她的文字，很干净，像清亮的水，细品之下，很有味道。及至见到本人，没有丝毫陌生，瞬间被她的笑容暖化。

她最喜欢雏菊，而她本人何尝不是一朵雏菊，明亮、温暖，笑的时候像个孩子般透明。“一朵朵雏菊安静地生长 / 我起身离开的时候 / 整片雏菊也没有发出任何声响 / 落下来，落下来 / 我期待一点阳光，两点阳光。”

随后在 QQ 看到她的个性签名：“字如血液，滴滴入心；文若生命，缕缕成爱。”还有人评价她：才女的精灵，文字的魔方。然后，我才知道，对于文字，她是真的热爱，而我只是轻浅的喜欢。

有人说，没有经历过长夜的痛哭，不足以言人生。看着她一路走来，我想说，没有为文字流过汗、流过泪，就不足以言写作。

多年来，为了写字，她付出太多。从宁夏到西安，再从西安到北京，她走过太多漫长的征途，度过太多孤寂的夜晚，尝过太多痛苦的滋味。从没有一个女子，让我如此感动、敬佩和疼惜。

在西安，她一个人静默地写，当孤独蚀骨袭来，就一个人去跑步，在落地窗边看夕阳，更多的时候，只能把泪咽进心里。“我的奔跑 / 并不是因为逃离 / 我的沉默 / 并不是因为无语。”在北京，住七平方米的地下室，被子潮得能拧出水，洗澡以分钟计费。然而她乐呵呵地写“我的七平米阳光”。

“一生只爱一个人，一个最好的人；一生只做一件事，一件最好的事。”写字是她今生唯一要做的事。在这条铺满荆棘与玫瑰的道路上，她走得艰难又幸福，痛并快乐着。

生活中，她一直极随和，有一阵我每天和她一起吃午饭，每次她都说“你说吃什么就吃什么”，所有的事情，她都可以轻易妥协，除了爱与梦想。我从未见过这样的女子，平日仿佛柔弱无骨，一旦触及人生最本质的部分，便无坚不摧，勇敢、果决，仿佛一个战士。“我顺手砍下 / 布满篱笆的围墙 / 因它的阻挡 / 延误了太阳的光芒。”

“只有风可以理解电线在高处的守候”，她的内心是一片辽远深邃的海。她坦言自己的孤独，感叹知音稀少，我想那是因为她的精神已达到一定的高度。对于文字，她是个多面手，诗歌、散文、随笔、小说、剧本……每一种文体，她都能轻松驾驭，运用自如。但骨子里，她最爱的还是诗，也只有诗，才能完整而贴切地表达她自己，那是灵魂与生活经历剧痛磨砺而出的珠贝，是她思想与感情的精粹。

那天，她告诉我她要出诗集了，“写了二十年诗，算是给自己一个交代吧”。我理解她为什么要给自己的诗集取这么一个不甚讨喜的名字，因为最好的文字，大概都应有着轻盈的诗意、飞翔的美感，但内里应该有一颗厚重的灵魂，经得起烈火的淬炼，也经得起时光的淘洗。“滚烫的铜水以液体的柔美流进铸进木质的模子 / 雕刻出的纹路把悲伤用另一种恒久掩埋。”

读她的诗集，可以感受到思绪无处不在地流动，字里行间是喷涌的情感和沉淀的思索。和女儿的一次午睡，落地长窗边的一次凝眸，一帧关于雏菊的照片，一次野外的篝火聚会……皆可成为诗情勃发的源头。

她写爱情：“愿你，注视我的时候 / 眼神是月光的蓝 / 如水倾泻，绵长的银帘 / 愿你，把呼吸等同于想我的频率 / 即使某个片刻你忘了 / 呼吸却还替你记得。”

她写寂寞与孤独：“写诗的女子 / 是寂寞门扉里瘦弱的身影 / 是孤独台灯下凝思的眼神。”“一个人一盏灯一双手 / 一种生活是独自行走。”“独自等待午夜醒来后的满地月光 / 独自等待花开花落后的枯木寒霜。”

她写阳光与梦想：“我就是喜欢太阳 / 你不用遮挡 / 贝壳追赶不上退潮的海水 / 你也追赶不上我的思想 / 我要学那独立风 / 做最后一个落跑的新娘。”“现实从不和梦想妥协 / 梦想越高远 / 注定只能溯溪而上。”

她的诗里，有小桥流水的柔情和细腻：“幸福是一只小尾巴 / 我们在前面走 / 它就跟在后面摇。”“一个女孩坐在篱笆下 / 一只蜻蜓停在篱笆上 / 谁也不打扰谁 / 仿佛安静地睡着了。”也有大漠孤烟的厚重与大气：“盐白的大地孤立冉冉的炊烟 / 手持长鞭　挥舞散乱的羊蹄 / 我早已离去　留下夕阳孤独的败笔。”“有人向我打听幸福的归宿　眼泪留在了来时的路 / 因了我的描述　蒲公英飘离枯萎的根部 / 指尖

滑落的花瓣　渗出两滴金黄的露珠 / 我轻声呢喃　南风早已吹过 / 是谁　到底是谁　窖藏了山海关的黑土。”

她的诗里，如果说每个字、每句话都是珍珠，那么雏菊、太阳、奔跑、梦想，这几个词便是串连珍珠的丝线。她如同一株雏菊，永远向着太阳的方向生长。这棵雏菊，有着花的性格，有着青铜的骨骼。

2016 年 6 月 28 日于西安

目录
contents

卷一　九月独白

003　夏日的忧伤
004　让我去飞
006　只为与你相遇
007　青春之歌
008　九月独白
009　再靠近
010　比喻
011　禁地
012　踩着月光回家
013　荷
014　菊花茶
015　长春的记忆
016　我和她
018　与海无关
019　我是一个向上的孩子
020　我假装
021　爱，细致的

022 我也不想比喻什么
023 你好吗
024 旧信
025 飘雪的季节
026 我什么都愿意给你
027 今夜
028 我们是一个颜色
029 心灵的独白
031 暖冬
032 你会给我寄来什么

卷二　只有回忆

035 有人向我打听
036 后来
037 寂寞
038 惊扰
039 怀念
040 爱情咒语
041 明天
042 无缘的爱
043 我爱他
044 一个人行走

045　只有回忆
046　由一盏烛光想到的
047　噩梦
048　当你老了
049　风爬上梯子看月亮
050　暗夜
051　爱情咏叹调
052　我一直在你心中
054　戈壁断章
055　迟一日
056　山坡
057　告别
058　晚年
059　月光下的雪地
060　萤火
061　这幸福
062　雪人
063　寂寞的季节
064　清晰
065　你配得上这世上的一切美好
067　我的她
068　想象

卷三　一树花开

071　有你在的地方，就是天堂
072　开花的树
073　我的美丽人生
074　光与薰衣草
075　望
076　树
077　车过西安
078　家
079　梦
080　希望
081　绿
082　开花的梧桐树：贺耿超和书萍新婚
084　一树花开
086　你好，幸福
087　初秋
088　晚归
089　岸边
090　流年
091　黄昏恋歌
092　金鱼

093 今夜，我不想晒麦子
094 爱你如雏菊
095 由于一束花
096 午睡
097 愿你
098 表达爱情
099 我只有一个名字命名我的一生
100 只有风理解电线在高处的守候
101 低矮的窑洞
102 杯中的天空
103 谈论病痛
104 滴落的灵魂
105 羽毛
106 品茶
107 这些花儿
108 低诉
109 一切影子在时光里淡着
111 终有一天，你会悲伤
113 等待
114 沉下去

卷四　半湖月光

117　在低处
118　盖房子
119　再见的夏天
120　我在繁花似锦的六月丢了你
121　梦中的青海湖
122　什么都满满的，只有爱情空着
124　送一些西北风去北京
126　看见春天，我就想到爱情
127　我可以缓慢地爱你
128　一列火车停在那里
129　悲伤的姑娘
130　醉
131　那一夜
132　秋风吹过的山坡
133　一只蜻蜓
134　清晨
135　这里是银川
136　一个无所事事的早晨
138　大雨滂沱的城市
139　最寂静的时刻
140　一千个春天等在门外

141　青铜铸造
142　夏天之后
143　挽歌
144　漫长的，白日梦
145　半湖月光
146　春语
147　有着花椒香味的清晨
148　雏菊
149　春天说来就来
150　冬日午睡
152　冬天用一个晚上，降临人间
153　相似的时刻
155　我在冰凌花上看到春天
157　爱情很轻，我一直爱着
158　微风吹过的夜晚
159　致我
160　秘密
161　还原
162　征途

163　跋：为什么“青铜铸造”

卷一

九月独白

夏日的忧伤

当我的美丽掠过你的面前
请你，不要回头
因为当风刮过伟岸的树时
树从不颤抖
我只是一朵微黄的栀子花
能够带给你的
也只是夏日的哀愁
何必为了一点淡淡的芬芳
去接受我所有的忧伤

让我去飞

妈妈，让我去飞
我知道我的臂膀还很柔弱
可生命已赋予我展翅的力量
天空是我跋涉的旅程
太阳是我追逐的梦想
为了明天的灿烂
让我去飞

也许晨雾会打湿我的衣裳
也许荆棘会划破我的脚掌
可是妈妈呀
您可知道
生命从来就不是只有辉煌

也许狂风会迷失我的方向
也许暴雨会削弱我的力量
可是妈妈呀
您可明白
您在我的血液里
早就注入了不屈与坚强

听！黎明的号角
早已吹响
重重的泪滴请别挂在脸上
轻轻地翘首祈盼
摘取胜利桂冠的路
还很漫长
那就握握女儿的手吧
让我带着您的爱
展翅飞翔

只为与你相遇

仿佛所有的友情
都如秋雨春梦
轻挂在窗口
淡淡的飘着几许芬芳

我把所有的思念
化做永恒
清风明月
也将寄予它流星的问候

凄凄长夜中
我已熄灭了那盏寂寞的灯
手握红烛
默默守候你的归期

青春之歌

我从遥远的天际走来
我的心是一片宁静的深海
我用吉普赛人的歌声
向世界宣告我的到来

如墨的帷幕已经拉开
星光闪烁着夜的未来
我用月光般的眼睛
在黑暗中搜寻你沉默的情怀

别说你已忘了
泉水叮咚的声音
为了这颗开花的石头
我已等枯了源头

九月独白

请不要轻易地揽我入怀
我的心经不起你暖暖的爱
请不要对我许诺幸福
我眼中的泪至今还记得悲伤的滋味
你的笑是我最温柔的依靠
你的拥抱成全我最优美的舞蹈
你的亲吻让我忘了曾经爱的风暴
我爱你，只想用我的一生来回报
哪管天荒
哪管地老

再靠近

我把思念默默地
埋在心底
我不说给谁
我又希望远方的你早知道

我把爱恋紧紧地
握在手中
我不说给谁
我又希望归来的你早看到

没料你把幸福高高地
系在树梢
我望得见
却够不着

比喻

谎言像舌头
柔软地一舔一舔
我就相信
爱情的期限
是一万年

诺言像眼泪
透明的一滴一滴
我就以为
思念的滋味
不一定全是咸

誓言像什么
又怎样地一闪一闪
我就将自己的青春
全部交付给了孤独

禁地

这是一片禁地
没有我的允许
谁也不许轻易走进
如果你爱我
就请轻轻地敲敲门
等蒲公英花开
让它带你飘进我的梦中

也许这永远都是你的禁地
你的脚步太重
你的目光太冷
你的心事太沉
我猜不透
我读不懂
不要靠近
不要停
你只管匆匆地过去
我只管静静地痛

踩着月光回家

天上的星
明了又暗
追寻的路
隐了又现
思念的人
渐渐走远

我站在原地
一直等你
一直等你
直到你出现
然后带我
踩着月光回家

荷

满塘的荷叶
向我炫耀
你曾怎样
轻抚过她们的脸庞

随之而起的嫉妒
灼伤了我的整个心脏
灼伤了整个心脏
我却还满面笑容
因为我看到
荷给春天
穿上了怎样碧绿的衣裳

菊花茶

水说
在摄氏 100 度沸腾
只是为了迎接菊花的到来

菊花说
在水中不停飞旋
只是为了生命的第二次绽放

茶杯说
静默不语
只是为了全心体验一场缠绵悱恻的爱情

长春的记忆

所有的记忆定格在冬季
填充三百六十五天思绪的
都是雪的白

晨操白
松树白
花径白
南湖白
漫着眼泪的思念
还是白

甚至夜的黑也不能掩饰雪的白
手捧一杯热咖啡
让褐色的液体
融化白

我和她

总是爱和我吵架
总是把我考试不及格的消息告诉爸爸
总是把我新买的衣服鞋子偷偷先穿一下
总是说一些我从来没想过的傻话

我曾经想永远不理她
我曾经想狠狠地揍她

岁月的流逝改变了她
她不再任性
不再对我说狠话
有时像个疼爱我的妈妈
我发脾气她会很害怕
小声地哄我“姐姐，你别生气啦。”

她结婚的时候我满眼泪花
看她穿着洁白的婚纱
一点也不像小时候
脸上挂着鼻涕的脏娃娃

她手捧鲜花映着绯红的面颊
我由于激动哭得稀里哗啦

世界上我最亲最近最疼爱的她
终于嫁人啦

现在我们都做了妈妈
我的女儿
她的女儿
也开始一天天长大

两个小东西互相看着
满心欢喜
一个拉着一个的手
就像小时候我拉着她

她家的宝贝还不会叫姐姐
我家的宝贝见人就说她有亲妹妹啦

我也担心
我也害怕
怕宝贝们长大了小丫欺负大丫
就像小时候她时不时欺负我一下

与海无关

我的哭泣与海浪无关
海浪的拍打
只是让我的身体
想起他的抚慰

我的悲伤与海啸无关
海啸的到来
只是让我的情绪
感染了他的忧郁

我的低吟与海风无关
海风的声响
只是让我
有了歌唱的欲望

我所有的情绪
都与海无关
之所以提到海
是因为我想他的时候
正好在海上

我是一个向上的孩子

我见你时的害羞
是稻穗在秋天的害羞
低下头　深深地
直到秋走

我对你的崇拜
是向日葵面朝太阳的崇拜
扬起脸　久久地
笑到最后

我四处收集阳光
只是为了扫除年少时的阴霾
我拼命追赶太阳
只是为了寻求长久的光明
我努力向上
只是为了维护
我在你心中
完美的形象

我假装

我假装我很快乐
如同叶子在秋天飘落
即使毁灭
也要飞舞如蝴蝶般掠过

我以为假装无人识破
可一相遇
泪就从眼中滑落

爱，细致的

什么时候可以不再粗糙
爱，细致地
收藏或表白

五月的樱花
永远只是想象
我思念你
却是榕树下纷纷的落英

渴望的总也得不到
六月带来的
只是蝉的鸣叫

想爱就爱吧
夏季不会掩饰
含蓄的笑

我也不想比喻什么

那个年龄，在一片冰天雪地中踱步
最冷的一段距离
也长不过一杯热咖啡冷却的温度
我们彼此注目
却跨不过矜持的风度

在这个宁静的冬的夜晚
我也不想比喻什么
感觉寒冷
就忽然想起了
你曾给我的温存

你好吗

今天，你好吗
哈尔滨的冬天还那么冷吗
孤单的时候你和谁一起在雪地里跑过
和谁在电话里唠嗑
和谁会悄悄地问起我

今天的我有些落寞
因为想起你在这个时刻
假如时光剪切掉许多
我们会不会有相守的一刻

时常记起你唱的歌
时常把留言册翻到你写的那一页
时常捂着心口想起东北的雪

我以为距离会阻隔思念
也以为时间能愈合伤口
一天天老去
我却发现自己越加清晰地想你

旧信

总有一些什么
在牵动我的心
我用猎人般的目光寻找
在时光的角落
发现是你在若干年前
写给我的信
早已发黄
早已淡忘
甚至信的结尾
亲昵的署名
都变得陌生
我不敢哭泣
怕惊醒十七岁时
做的那个美丽的梦

飘雪的季节

这个季节很纯
温暖全珍藏了
如在守候

细细的回想
某个深夜里的一次握手
痛心
痛骨
记忆的潮水退去
而后　收藏另一种孤独

没有人留在寂寞的冬天
有两片雪花
伴寒风飘下
一片是泪
一片是血

我什么都愿意给你

仿佛是山间来的一阵风
你来了
海的歌声也就来了

我从来不敢奢望
我可以将你拥在怀里
长长的一生

只要有你的笑容
再短暂的牵手
也将会是一段长长的旅程

而我什么都愿意给你
只要天空给你指引
幸福的方向

今夜

今夜我将思绪搁浅
嘚嘚的马蹄
驮来催熟的秋天

整颗心被放逐青藏高原
诵经之人随手拾起
某人丢落的仙人掌

跳跃的眼睛无处安放
迎接黎明的
已是遍地玫瑰的哀伤

我顺手砍下布满篱笆的围墙
因它的阻挡
延误了太阳的光芒

我们是一个颜色

天空和希望是一个颜色
田野和心情是一个颜色
海洋和旅行是一个颜色
我们漫步在草地上畅谈理想

有几个行人走过
谁也不会在意
我们的衣服是什么颜色

我们已经丢失了许多
我们还渴望得到
秋天最后的落果

当我们一同走过
岁月长长的河
我们才发现
渐渐衰老的我们是一个颜色

心灵的独白

我不敢向你炫耀
我仅有的一点成绩
也是被上帝幸运地给予

你要求我
如同要求冬天的枸杞结出硕果
你期许我
如同期许小鸟的晨鸣迎来百灵的喝彩

或许我只是一把愚钝生锈的铁锁
除了你的开启
就永远没有打开的那一刻

我在你面前是如此的胆怯
你犀利的目光
让我像受困的野兽
在你思想的牢笼里原地打转

你本想让我成就得更好
可你嘴角的浅笑
却让我害羞得想逃

你本想送我一束玫瑰
可我一伸手
却被你在无意中加了一副镣铐

你本想给我保护
可我一跟随
却成了你胯下忠实地坐骑

我不明白
这一切究竟是哪出错
是你爱我太多
还是我的爱乱了时刻

暖冬

这个冬天不冷
反而让我想起
还在寒冷城市里的你

是否依旧急匆匆地走在冰天雪地里
是否在冰天雪地里还揣着一本喜欢的书
是否在那本喜欢的书里还夹着谁的照片
是否照片中保存的永远是我们纯真的笑脸

我本不想这么伤感
或许现在也没有了伤感的权利
可一看见暖冬里的太阳
我就忍不住落下泪来
只为还在遥远东北的你
感受不到太阳的温暖

你会给我寄来什么

西北与东北
遥遥地远离着
两个相爱的孩子

终于你来信了，问我
需要什么？我给你寄去
要什么呢？这么冷的北国的冬天
要是想我
就把思念寄来
要是梦见我
就把梦中的情话寄来
要是还如昨天那般爱我
就把注满真诚的心寄来
要是因为过去彼此的伤害而痛恨我
就把诅咒寄来
要是早已不再爱我
就把遗忘寄来

卷二

只有回忆

有人向我打听

有人向我打听幸福的归宿　眼泪留在了来时的路
因了我的描述　蒲公英脱离枯萎的根部
指尖滑落的花瓣　渗出两滴金黄的露珠
我轻声呢喃　南风早已吹过
是谁　到底是谁　窖藏了山海关的黑土

我向牧人询问游离的目光　羊群踱着青草的哀伤
因了我的疑惑　千片云彩迷失了方向
马靴踏过的泥浆　糅合埋怨和奶茶的芳香
我再度低吟　四季都已走过
哪里　到底哪里　泄露了黎明的曙光

后来

后来　好像是一只枯鸦喧嚣了冬的荒凉
我坐在四野　回忆你清晰的面庞
太阳的阴谋　被你愤怒的眼睛
燃烧成　一根细细的马鞭
穿越时空　抽打在我无辜的身上
我能忍受马鞭落下的疼痛
我不能忍受　你明知故犯的遗忘

寂寞

今夜　没有熟悉的身影从窗前移过
婆娑的路灯安慰我的寂寞
枸杞树下谁在低声地唱歌
踮起脚尖看到冬的落魄
刹那的影像辉映干瘪的胸膛
黑暗不再诅咒田野的心慌
寂寞就寂寞吧
孤独才能成就青春的流浪
宁静才能扛起梦想去远航

惊扰

惊起湖中涟漪的　是你随手丢下的讯息
一圈一圈的水纹向远方扩展
想象让从前盛开成一朵花
没有人要摘它　只是秋风在整理思绪时
无意中触动了它　更加洁白无瑕

我驻留岸边　回忆从水上漫步摇过
不见吊桥　不见渡船
思念说　什么都没有
我依然可以　在你心上走过

怀念

搭上南去的班车，我要到南山坐坐
南山坡上有座清秀的坟
下面安睡着养育过我的一对老人
祖姥爷离开的时候我还很小
记忆停留在唇齿含香的核桃仁
祖姥姥离开的时候我已七岁
冰凉的石桌安慰我年幼的心碎
送别的一幕只记得唢呐声
在耳边从那时一直响到现在

轻轻走到坟旁
青色的石碑静静注视我长大后的模样
我多想能像小时候一样
闯祸了躲在祖姥姥身后藏一藏
祖姥爷拿着扫帚出去
大喊一声：谁敢欺负我的心肝
山水流过，没有听到沙粒留下的呜咽
我的怀念如风荡漾
久久回旋在心的海洋上

爱情咒语

压抑怒放的花朵在冰凉的清晨盛开
窗户上的冰凌花暖昧地微笑
一股寒流由北向南席卷，又由南向北回旋
单纯的思念渐渐失去呼应的方向
一会朝东，一会朝西
东边有你恰如太阳的温暖
西边是戈壁，引领思绪漫无边际
两边我都无法到达，困在原地
在心中踱着一个圆的距离
曙光出现的刹那，眼中浸满泪水
每滴落下，霎时幻化成一道女巫的咒语
禁锢大地，永远封锁春天到来的消息
以此惩罚你姗姗来迟的归期

明天

明天我将卸下翅膀　重新穿上淡黄色书信缝制的衣裳
去久远的字里行间寻找　你在某一天寄来的微笑

某人曾说要将我留在云南　陪他一起慢慢变老
某人曾说我的回信太短　无法填补暗流涌动的思念
某人曾说我沉默的双唇是一扇门
所有的注视拦截在睫毛的高度
我说：明天太遥远　我们跟不上时间的脚步

如今无数个明天离我而去
曾经的某人不知散落在地球的哪个角落
所有的回忆沉淀为一杯浓郁的苦丁茶
初品是苦　再品是甜　淡淡的甘甜

无缘的爱

我的思维是如此迟钝
连你说爱我
我也以为只是风经过

我错过了许多美丽的季节
当你呼唤我的时候
我正在冬日的午后
做着一个长长的梦

日头西落
我惊醒在浓浓的寒意里
而你早已擦肩而去

我忽然明白
我们之所以没有相遇
跟天气没有一点关系
怪只怪缘分走得太快

我爱他

驾一匹马扬鞭飞驰　让时间拼命追赶
最终的目的地　是你一直做梦远行的海
一波又一波的潮水　呼啸着淹没冬天的诺言
一茬又一茬的庄稼　用黑色的灰烬嘲弄四季的轮回
长发捆绑不怀好意的风　风景丰富了眼睛
心什么都看不到　关上门独自喃喃自语
追他　追他　追上他就告诉他我爱他

一个人行走

是一支烟将寂寞缭绕到我无法企及的高度
白天黑夜或黑夜白天　似钟摆来回循环
我腾空所有的过往　还是不能描述葡萄泛紫色的未来
想象暂时忙碌了灵魂　收工之后是加倍的心痛
一个人一盏灯一双手　一颗心一杯酒一段记忆
一种生活是独自行走　一声叹息是无法挽留
一种完美是接受残缺　一声呼唤是爱你永久

只有回忆

碎碎的挪步　生怕惊扰憨甜的笑容离你而去
数着用青春排列的枕木　期待与装载往事的列车重逢
我活在回忆里　烛光泪光统统在时光的百宝箱中闪光
曾经无意的一瞥都是蓄意的伤害
曾经隐忍的等待滋养坚忍的未来
只有回忆　念念不忘曾受过伤害
只有回忆　丝丝眷恋你给过的爱
我就着回忆慢慢吞咽一个个黄昏
苦苦挣扎一个个夜晚　暗暗期待一个个黎明
当一切云烟轻轻过眼　我忽然明白回忆和等待
似乎就是你能给我的　全部的爱

由一盏烛光想到的

寂静的山野沉入一片墨色
傍晚的蝴蝶归隐于黑夜
恐惧袭来的时候
我什么也没有记起
一盏烛光晕开了所有想象
鹅蛋黄的亮是祖姥姥那张堆满褶的脸
颜色暗淡却写满了牵挂与不安
烛火跳跃是小小的我在舞蹈
像荷叶上的蜻蜓，鲜艳中透着明亮
这山野依旧宁静
只是源于一盏烛光的想象
我的心中搭建起华丽的舞台
多幕上演
祖姥姥曾经给我的全部疼爱

噩梦

荒沙漫过四野　你来的时候我已被缴械
山坡上有风吹过　扬起沙砾落下花朵
巨大的黑将夜幕笼罩　凭着呼吸一路奔跑
赤裸的双脚　中了沙棘的埋伏
俯身跌倒的瞬间　我远离你的怀抱
什么都没有被改变　除了皎洁的月光
除了晶莹的泪光

当你老了

当你老了
我的心情凋零成一朵枯萎的花
面容浸泡沧桑　皱纹书写疼痛
眼角挤出的泪水　浑浊青春年少的记忆

当你老了　我也不再年轻
手握老拐棍　笃笃敲打流逝的岁月
驼背的相逢　是夏日冰凉的奢望
轻摇蒲扇　独自演绎日落夕阳的安详

风爬上梯子看月亮

风爬上梯子看月亮　我坐在山坡
枯草漫过马背　用根部想象大地的温度
新年过后就是立春　乡下要准备春耕
而我也将远行　南方留着我的梦
在入冬的时候　我早已让它发酵
就等冰消雪化　陪伴万物一起发芽

风爬上梯子看月亮
我坐在山坡看故乡

暗夜

把灯熄灭　让黑暗全部进来
什么也看不见　什么又都能看见
你眼睛熠熠生辉的光芒　足够照亮整间屋子
银灰色的冰箱　圆嘟嘟的沙发墩
阳台上晾着五颜六色的衣服
门口换下来横七竖八的鞋子　都看得见
你熠熠生辉的光芒足够了

向我走过来　慢慢地
不要带一点声响　不要惊动沙发上熟睡的猫
黑暗中　我合上书
试图靠近额尔古纳河徐徐行走的驯鹿
你明亮的眼睛　打断我的思绪
心灵空下来　什么也不想
什么也不想　在这寂静的暗夜中
我进入光明

爱情咏叹调

安静被忧郁渲染成蓝色
花朵只是陪衬
甚至盛放爱情的卵巢
也演奏出蓝的旋律

我满溢的幸福感被你一笔带过
恰到好处的问候
净化为一潭青色的湖水
隐藏在瓶颈深处

什么也没有被滋养
除了温柔的眼睛
除了盛开的心灵

我一直在你心中

我只要知道
我一直在你心中就够了

无论是青葱岁月
你擦身而过匆匆的一瞥
还是分别十年
你念念不忘的微笑容颜
我只要知道
我一直在你心中就够了

你可以娶你心爱的女子为妻
心疼她呵护她
把她捧在手心里温暖她
我也为怜惜我的男子做了新娘
依着他赖着他
和他守着地老天荒

只是在生活的点滴中
总有一个瞬间是留给你的
一个眼神
一句话语
在记忆的深处

盛开一朵淡雅芬芳的花
像儿时的青马
像深夜的一杯茶

有一种思念是牵挂
有一种遥想是青春的家

我守着我的太阳
把你点缀成天空中漂浮的云彩
你追赶你的梦想
把我放在歇息的路旁

我只要知道
我一直在你心中就够了

戈壁断章

盐白的大地孤立冉冉的炊烟
手持长鞭　挥舞散乱的羊蹄
我早已离去　留下夕阳孤独的败笔

马车驶过的时候　没人注意
奔驰的骏马引领春天盛开的思绪
让我独自走吧
一个人的背影更能与大地贴近
更能倾听黄土地逐渐清晰的呻吟

迟一日

迟一日　酒水已尽
浓茶渐凉　我的等待几近疯狂
薄雾散尽　我向着太阳凝望
天空没有呼喊的痕迹
我的声音暗渡千重水万重山

迟一日　灯火暗淡
红烛燃尽　你的微笑早已僵硬
寒意深深　你背对月亮许愿
庙堂化解摇落的佛签
你的思念化作千滴雨万滴泪

迟一日
仅迟一日
难解相思千里愁万里路

山坡

俯下身子才攀得上
这座山坡，它并不陡峭
一朵野菊花在颤抖，淡淡的黄
透着柔弱，风吹来的时候
它试图和风一起走。我坐在山坡上
向远方眺望，天空是碧绿的海洋
云朵是蔚蓝的帆，我眺望它们
我成了孤独的渔翁
一朵更小的野菊花抬起了头
一朵更小的野菊花又低下了头
嗅着泥土的湿气，山坡终于破解了
春的密语

告别

终究有一天我要离去
在静谧的夜晚或者翠绿的清晨
你还没有醒来，轻轻地打着鼾
像个熟睡中的婴儿。我慢慢俯下身子
亲吻你海水般的眼睛，你的脸颊已爬满皱纹
如同这间老房子，屋顶蓄满岁月的烟尘
我在此刻多么留恋，穿透窗扇的阳光
正柔和地落在地上，而我的心淋过风风雨雨
一直落在你心上。我要走了
不要难过，也不要着急说再见
院子里的向日葵开得正好
棵棵迎向太阳。我也一样
无论走多远，在哪里
思念的时候都朝着你在的方向

晚年

今夜还有一些温情的话语
等待我讲给你听。你的叮嘱
我已经做了回答：门锁好了，火炉已掩盖
暗淡的灯光晃来晃去，在洁白的纱窗上印出
两个枯黄的身影。坐着的是你
手落在膝盖上，静静嗅着水仙花的清香
佝偻身躯，慢慢移动的是我
一步一步向你靠近，犹如年少时
从墙根下，一个人踱步到你家
每晚总想说点什么才能安睡
屋子很小，足够盛放我们的晚年
和一些云朵般美丽的回忆
拿起炕刷，抚平打着褶的被单
火炕很热，又该睡觉了

月光下的雪地

弯下腰来才看清楚
晶莹的雪在月光下颤抖
剔透的白泄露了所有心事
我慢慢立起身
用碎碎的步子小声和雪交谈
走了很久，悲伤的我走出一串孤单
大地的寒气一直向我逼近
松树上的雪花偶尔会落下几片
偷看我的眼睛是否饱含委屈的泪水
最终雪也没有告诉我
月光隐退的时间
就像当初的你不愿说再见

萤火

月亮躲避在黑云深处
星星眨着眼睛　扑闪扑闪
我们眨着眼睛　扑闪扑闪
安静生长的青草的目光成四十五度角
柔和落在我们身上，你一直不开口
我静默等待一团萤火慢慢过来
和星星一唱一和，像闪烁的光芒
像点燃的希望，像涌动的潮水
一起鼓舞着你向我靠近
黑暗中你触摸到
我准备捕捉萤火虫的手
那么冰凉

月落之后，我撒下悲伤的网
蓝色的夜遗落在世上

萤火盛开出一朵朵罂粟花，热烈而荼靡
在紫色的丛林，我的孤独被拉长
被燃烧，如萤火一般
化为纯洁的灰烬

这幸福

这幸福　落在尘埃里
低低的　没有一点声响
波涛汹涌的海洋也是这般沉寂
所有的澎湃都放在心底
十指纤纤地抚摸如此靠近大地
每一次心跳，每一声呼吸
都根植在泥土里
熬过漫长的冬季
来年开出一朵淡淡的小黄花
我期待和你原路返回
不说话只是静静地看着它
重温低低的幸福
和安静的时光

雪人

一天一夜的雪落下来
悄无声息。没有惊动任何人
覆盖了街道，覆盖了松树
顺便覆盖了信誓旦旦的谎言

清晨的时候，一个雪人立在街边
向匆匆走过的路人讲述，昨夜的雪
如何用洁白的唇
亲吻着冰凉的大地
又是如何将轻盈的身体
放心地交给即将到来的春天

我凝视雪人的眼睛
企图找到酝酿了一夜的悲伤
除了满溢的幸福
她的眼中盛满一片宁静的月光

寂寞的季节

这浅浅的歌是唱给你听的
反复诉说反复叮咛
怕你走得太着急忘了回家的路

这淡淡的旋律一直萦绕在耳边
像你昨晚梦中的呓语
故意泄露压在心底的秘密
让我碰巧听见，暗自欢喜

窗台上的茉莉花早已凋落，静卧在泥土里
没了芬芳也要用洁白的身体陪伴花枝
走完最后一程然后枯萎

书架上所有的书都保持静默
不愿惊扰我纷乱的思绪
清茶就够了
白纸就够了
趁着夜色拿起笔
把寂寞画下来

等你回来的时候，拿给你看
你说：奇怪，什么时候给我画的素描
除了眼睛有点小，其他都很像

清晰

微风拂过，世界变得清晰
你的脸，眼角的忧伤，嘴角的弧线
越来越清晰
回眸的瞬间，清澈的目光直达你的内心
细数一缕缕收藏的心事

我一直渴望清晰
就像渴望一眼望穿的青春
没有遮遮掩掩的朦胧
没有欲说还休的缠绵
爱就说爱
喜欢就微笑
伸出手
心中日思夜想的人儿就在你怀中

你配得上这世上的一切美好

我要怎么让你知道
你配得上这世上的一切美好
春天的风也抵不过你的一缕呼吸
你的眼泪比淅沥沥的雨水更洁净透明
十月的菊花都开在你的脸上
初冬的第一场雪是为你而来
你站在那里
看着你
我就仿佛拥有了全世界

你的声音有如天籁
温柔，亲切，又温暖
亲吻着你的嘴唇
再甘甜的樱桃也成为枯萎的果实
你在我的怀里
犹如静静的河流
我在你的心里
慢慢退却成寂寞的山峰

哦，我亲爱的宝贝
我要怎么让你知道
你配得上这世上的一切美好
你的名字，是中国三千个常用字中

最灵动的符号
轻轻地念一遍
就能治愈我全身的伤痛
你的眼睛，清澈而又透明
最明亮的星星也无法比它更传神
你的笑声，干净又清脆
一声“老妈”，抵得过莫扎特或巴赫
指下的上帝之音
你偶尔嘟起的小嘴像清晨盛开的玫瑰
带着滴滴的露水，用绝有的纯粹
吸引我们全部的疼惜与溺爱

我总是喜欢长久地注视你
你写字的样子，画画的样子
看书的样子，跳舞的样子
走在我前面，和同学叽叽喳喳
说话的样子
这些样子叠加起来
揉圆了放在心里
慢慢沉淀，成为一颗润白的珍珠
哦，我亲爱的宝贝
我孕育了你的生命
你却磨砺了我的人生

忽然间，我有些苦恼
我要写下怎样的诗句，才能让你知道
你配得上这世上一切的美好

我的她

是心间最柔软的一抹红
暖在身体里
孵化整个世纪的寒冷与霜冻
子宫的宠爱让她不知畏惧
从我身体剥离的那一刻
她面带笑容
九个月的蜗居
使她充满生的渴望与能量
瘪下去的肚子
收留着我新的责任与担当
她的脸颊粉嫩欲滴
小嘴咂吧在我的乳头上
用力量宣誓
从今以后这就是她的领地
小手很安静，小脚丫却一直挥舞
像一只奔跑的小鹿，游荡在
青草葱郁的森林里
我用了全部的爱
迎接她的到来
她什么都不用做
睡梦中的一个微笑
就已赏赐我
所有的满足与幸福

想象

我已记不清你的模样
眼睛是明亮的，或者有暗淡的光
鼻子沉默地站立成一堵墙
嘴唇是温热的，还留着我的体温
胡须茂盛，比思念更疯狂
收集所有的月光，我试图想象
你拥抱我时的模样
倔强，温柔，非你莫属
这些词，从我眼前一一闪过
我还是无法确定，那一刻
幸福的一刻，你拥抱我时的模样

卷三

一树花开

有你在的地方，就是天堂

我不怕高，有你在
一切都显得渺小
我不怕寒，依偎在你的身边
心中会自燃起一团温暖的火苗
这苍茫茫的世界
在我眼里不过是爱情淡淡的底色
如何渲染
要看你向我表白时
用了多少浓墨重彩
我叫不出你绘画时
三十六种颜料的具体名称
但凭你为我描绘的一张画卷
我就读懂了整个黄昏

开花的树

满山的树都盛开
全部盛开
一棵不剩

粉白粉白
你想起了春天的蒲公英
摘一朵，拿在手里
轻轻吹一口气
白色的绒毛向天空飞去
把你的心也带向远方

可惜这些树不能摘
也不能吹
你只能看着
然后想象你和她
曾走过开花的树林
遇到青翠的山坡
躺下来一起做个
关于秋天的梦

我的美丽人生

艳艳的一片黄
热烈开放
在阳光里，在微风中
盛开成一张张笑脸
对着太阳

我是向日葵
我只对着太阳鞠躬
但我也只是欠欠身
并不弯腰很深
鞠得太低的向日葵
已经枯死
我是活着的
我还在生长
我向着太阳鞠躬
我只欠欠身

光与薰衣草

那抹光让我看见了
被囚禁的唯一希望
我分不清
这是清晨还是黄昏
你的所有目光
都落在大片薰衣草上
它们正恣意绽放

这紫
比忧伤更浓郁
比快乐更肤浅
团在你的心里
纠缠着
盘桓交错
无视我的存在
而我却看见了光

望

我在等待中看见秋天
枫叶红遍山林
阳光暖黄了树木
叶子一天天落下
我　一天天在等待

我相信你会来
不是今天
就是明天
铁路的枕木已被落叶覆盖
而我的心
被全部的思念覆盖

我站在小站的尽头
对着你来的方向
翘首企盼
即使铁路是蜿蜒的
而你到达我的心里
总是两点之间
最短的距离
笔直笔直

树

云不知道
树爱上了水

她以为树
向上生长
是为了努力向她靠近

有一天云化成雨
落进水里
才发现树在水的心中
已深深地
深深地扎根

车过西安

电话接通的时候
你说火车正经过西安
高架桥悬在空中
透过窗户
你正俯视这座千年古城
试图找出我的位置
手机里传出一阵嘈杂
正好掩饰我的不安
我不敢告诉你
在这个城市
我只是一只蚂蚁
每天爬行在钢筋混凝土构造的建筑群里
有时候，我连自己都找不到
我又如何给你指出
我在哪里

家

我一直幻想有这样的家
白色的茅舍
树木葱葱
阳光明媚的午后
和你坐在门前的树下
说说你侍弄的庄稼
聊聊我最近又写了些什么
或者什么也不说
一个看天
一个抽烟

当生活归隐在人间
当爱情消融在炊烟里
我不过是你在世界唯一的依恋
而你也给予了我
所有的温暖

梦

这波光粼粼的海面
三步两步便是天堂
群山静默
只等我千里万里地奔赴远方
我不留恋七彩斑斓的霞光
我只爱那件梦做的衣裳

希望

我不得不承认
心中升起的那团火焰是蓝色的

溪流静默
大地依旧能听见微微的低语
像花朵般盛开
像青草般抽芽

压抑了一整个冬天的情绪
终于在此刻释放
看着远方蓝色的山峦
我终于看见了心中的光

绿

是大地的翠绿唤醒了春天的记忆
一条蜿蜒的小路
直接走进了我的心里

远处的屋舍是否是你为我盖起的家
只等我走过四季
随着你蹒跚的脚步
十指相扣迎接最美的晚霞

开花的梧桐树：贺耿超和书菥新婚

四十个春花秋月
四十载风霜雨雪
我在心里暗暗期待你的到来

梧桐树开满丰腴迷离的花朵
无数个黄昏我从树下走过
花朵怜惜我的落寞
身后落下一地洁白

还有三月的丁香
五月的樱桃
十月的菊
她们都知道我在等你
花开的时候，才会延长花期
只为了我见到你时
在它们的点拨下能一眼认出你

其实，我在你的身上早已留有印记
你的额头至今还留着
我前世落下的一个吻
千里万里

人海茫茫
它引领着我们相遇

或许是我们在前世爱得太久
今生才有了这么长的别离
我用了四十年的守候，才换回
你嫣然一笑的回眸

这已足够
足够弥补我等你时的所有孤单与哀愁

亲爱的，我等了你四十年
我为你守身如玉
今天，在六月最美的一天
终于将你迎娶
一段不完美的弧
因为你的到来组成一个完整的圆

那枚戒指戴在你的无名指上
不是为了永久地拥有你
只是想陪伴你
也陪伴自己
因为生命的暖
都来自你眼中盈盈的笑意

一树花开

如果有一天我将死去
在小小的异域的海岸
在不知名的冬天
身体在虚无中被炸成碎片
灵魂无处安放还没有着落的整个梦想
亲爱的，你会在哪里
青春最后的回响又会在哪里悄悄绽放

有些季节总是显得很长很长
比如想你，比如一树花开的五月
所有的城市都包裹着绿色的胞衣
只有你永远裸露赤白的泪滴

如果相思有声
也不过是百川归流时低沉的咆哮声
如果夜梦有色
也不过是露珠滚过青草时融合的翠绿色
如果爱你有错
也不过是花开花落总也追不上时间的错

当最后一片竹林
在琐碎的脚步声中

也即将归于宁静
当百望山上的雾霾
因为众多槐花的芬芳
被逼得无处安身
当我携带一捧忧伤
彳亍在落满柳絮的林荫道上
远方的你啊
是否总是深情回望
五月的一树花开

你好，幸福

像一汪泉水　我漫步轻摇走过你的身边
天色尚早　人声喧闹
莲步如踩荷叶　惊起点点波纹
我来过　你却不知晓

幸福的眼纹带着褶　我只看见深处的微笑
荷塘虽已败落　莲藕摇曳饱满
亲爱的人儿早已走远
不用回头　向前走
和昨天说再见　幸福就在前站

初秋

山野间微薄的风再次吹过
挽留落日丝丝缕缕
第一次的脚印早已被尘土覆盖
再走再覆盖
除非放弃不再来

那荒漠的枯黄可是你遗忘的爱情
失去凝望枯萎了整个四季
即使太阳升起我依然落下
独守开花的甜蜜

晚归

烟笼寒水的一抹沉沙
吹箫船头，水波荡过古老的船桨
你的手滑落我的发髻，酒水冰凉
不过是又一个离别

雁落无声，归来的脚步
迟迟不能踏进守候的家门
窗前灯影昏黄透着温暖的光
可是你期待的脸庞

走得太久，手中的行李
早已变换了当初的模样
挥手告别的画面
定格成思念的一扇窗

母亲，爱人
我回来了，请敞开怀抱
给我一个肯定的暗示
胆怯的双手软弱无力
等待良久也无法推开
阻隔我们相见的古铜色的门

岸边

岁月将我藏起　好像一首酝酿已久的诗句　无法落笔
晚风中的芦苇　都站直了身体
屏着呼吸偷窥　岸边浣洗衣服的少女
石头在晚霞的辉映下　捶成酱紫色
酝酿的诗句　无法落笔

春天将我藏起　好像一段遥远的路程　过了归期
夕阳中的木桥　舒展着筋骨
准备卸下　挑了一整天的疲惫
听着岸边姑娘的歌谣　慢慢驱逐蓝色的焦躁
遥远的路程　过了归期

欲望将我藏起　好像一颗灼热的心脏　逃离身体
潮水淹没的沙滩　留下贝壳和咸湿的空气
我从岸边走过　却没有我的足迹
你已提着木桶离去　该说的话儿　还留在我心底
灼热的心脏　逃离身体

流年

一

六月的梨花雪白芳艳
为了追赶你匆匆的脚步
我只好自顾自地过去
无视梨花
清香挽留

二

是颓废的柴垛将青春珍藏
残缺的青砖
垒砌的不过是记忆

破败的时光
被最后一盏煤油灯
打出白晃晃的底片

无论爱情的脚步走得多么远
我的目光啊
永远停留在你说爱我的那晚

黄昏恋歌

这明亮的花朵为谁盛开
温暖的海洋
墙壁上的绿和光　为谁盛开

夕阳从寂寥的十指退去
泛黄的水池，孩子们围住
在相距遥远的青色石阶上

一抹骄傲的夕阳
黄昏的巫婆　请把我抱在怀中
我多么荒芜，多么冷清
一双洁白的翅膀也只能给我片刻的宁静

我看见你从太阳中飞来
蓝色的精灵　绿玛瑙
我孤独的十指化为天空上雪白的鸟

金鱼

我买回鱼缸、海草、生氧器
我买回五条美丽的你
两条黑色挖掘地表深处丢失的记忆
三条红色渲染明天即将到来的瑰丽
突兀的眼睛掩饰慌乱不堪的情绪
透亮的身体蕴藏白盐结晶的秘密
摇头摆尾穿梭水中的距离
翠绿的海草演绎珊瑚礁的神秘
无论黑色还是红色的金鱼
口中吐出的泡泡都像在悄悄说着“我爱你”

今夜，我不想晒麦子

今夜，我不想晒麦子　月亮也不想
我用麦秆梳理心事　一撇白晃晃的月光探到心底
一根根扎成垛　开放成丰收的花骨朵
花骨朵也盼望花期　一捆捆束在月光下
等待晒干夏末的露水　也可能是初秋的凉雾

今夜，麦子很沉默　我也沉默
麦子在念叨月亮　我连念叨都不敢
只好缩在麦堆里　数着星星算你的归期

爱你如雏菊

六月的清晨
因为爱你
心情幻化成一束散发淡淡香味的雏菊
翠绿的不仅是叶子和根茎
还有那渐渐远去的青春

把记忆都浸入水中吧
淡了痛苦
溶了悲喜
湿了面颊
最后只剩下沉淀的幸福

由于一束花

花瓣已如枯叶蝶般发黄
沾着露水的清香，滞留在
我和你告别的那列火车上
枕边的呢喃一直响起
萦绕我彻夜的睡眠
向灵魂的更深处走去
由于一束花
我记起了所有和你相遇的点点滴滴
如果，每次邂逅都满怀欣喜
如果，每次挥手都暗藏心事
如果，每一片云都随心所欲
园中的玫瑰
是否还能开得那么娇艳欲滴
由于一束花
我想到了整段爱情的始末
只是结局期待你的配合
否则天涯海角的承诺
不过是一个退潮涨潮时
被海水冲来冲去的贝壳

午睡

说话声低下来，低下来
如燕子的呢喃
只剩呼吸透着微弱的气息
你想起午后宽广的河面
洒着点点阳光
宁静，安静，平静
一切静都不足以形容
闭眼的瞬间，世界被拒之门外
她蜷缩进你的怀中
纤纤十指缠绕胸前
像航行的船终于靠岸
你毫无睡意，看着她安详的脸庞
仿佛看到郁郁葱葱的青菜
带着露珠在田地里轻声歌唱
一朵淡黄色的雏菊开放
另一朵淡黄色的雏菊静谧生长
秦渠的水流过你的心上
粒粒黄沙因为自身的重量
留在你的心里
用手轻轻抚摸
原来是幸福的模样

愿你

愿你把我珍藏，深深地
只在孤单一人的时候想起
愿你心中留有我的温度
沉默着独自享用
哪怕别人以为我们是陌路
愿你用一颗厚重的心爱我
没有声息，却涌动不止
愿你皮肤的每一寸下
都埋有我的名字
皱纹与伤痕是唯一遮掩
愿你注视我的时候
眼神是月光的蓝
如水倾泻绵长的银帘
愿你把呼吸等同于想我的频率
即使某个片刻你忘了
呼吸却还替你记得
愿你守护我
生生世世，有一天
身体离开了
灵魂依旧醒着，互相依偎
坐在黄河岸边
一起数星星

表达爱情

当我表达爱情时，我只想到诗歌
露水铺开的草径，落满昨夜星辰消退前的叮咛
水渠旁的一朵野花，用无声的芬芳
唤起我对前世你曾遗落在我脚下的
数行诗句，一一咏诵的欲望
风归隐于大地，树用宁静的胸膛
裸露出无言的沧桑。它也曾爱过
却没法诉说自己的相思与衷肠。
清晨与黄昏，我并没有想起红色的祖国
绿色的故乡或喧嚣的远方
我只想你。想爱情。想耳边温软
如花朵盛开的呢喃
在这清凉的秋天，什么都不能表达
人世的荒芜与干涸。掬起一捧水
用十指的葱郁，灌溉饥渴的大地
如果人世间真有爱情存在
饮尽悲喜，我也只能用寥寥数语
弹奏一曲嘈嘈杂杂的
无声乐章，以此祭奠
我的怀念，你的遗忘

我只有一个名字命名我的一生

请你在梦里低唤我，微暖的气息自丹田
徐徐吐出。千里之外，我在异乡彻夜难眠
因着暗空中灰白云彩怀抱而来的一些声响
安然地送自己进入梦乡
岁月绵长，我也只有一个名字
可以命名我的一生。它自母亲的身体剥离出来
分给我父亲精血中蕴含的向日葵的倔强
它的根部饱含生命原始的力量，深植故乡
在每个春天，生长成一棵蒲公英的向往
如果姓氏是父亲的延绵，名字就是母亲
一遍遍叨念的饭暖茶香。我如世间
任何一个普通物件，带着一点点捡拾而来的稻花香
低头嗅着太阳的煦暖。只有名字
让我不至于迷失在一片天空的蓝
多年后，另一个声音出现
他很少叫我，仿佛我是一棵遗失了名字的树
风里行走，雨中受洗清澈的灵魂
他从来不在我身旁停留，但他沉默的背影
总是让我流泪很久
真的，我的一生也只有一个名字
可以命名。我用最简单的两个字
眷恋母亲，依靠父亲
同时奢望牵扯住某个男人最柔软的内心

只有风理解电线在高处的守候

遇到风之前，电线的血液在四季
凝固成一种颜色。一条蛇在地面逶迤穿行
一只鸟惊恐地逃离死亡。皮鞭响起
如七月的镰刀，毫不犹豫地割断
夕阳眼中的最后一丝不舍
什么都走了，黑暗留下
忠实履行它对生命曾有过的承诺
两根水泥柱架起一条
在天空中游泳的黑色电线
口里吐着孤单的泡泡
尾巴却摆动出炉火的跳跃
当无知的人们从下面经过，头顶传来一阵
嘶嘶的声响。那不是乌鸦鼓噪的绝唱
也不是风从身体内部掏出的泉水撞击石头发出的
悠悠长鸣。那是电线
挽了风的手臂，十指交错
肌肤摩擦肌肤，骨骼咬噬骨骼
用全世界都可以听到的沉默
发出旷野中最无声的呐喊
只有风可以理解电线在高处的守候
葡萄酒杯中盛放的天空，用满溢的碧红
泼墨着寂寥山水柔软和顺的忧伤
仿佛迁徙了垂柳棵棵，用清水河淡淡的波纹
一一濯洗去岁月日渐衰老留下的沟壑与沧桑

低矮的窑洞

车窗外的风景，用月亮的余辉勾勒
现代餐盘中江河奔涌的欲望
一组低矮的窑洞
掩映在急促呼吸的参差树木中
他们谁也没有说话
湛蓝的大地，早就用另一种燃烧的绝望
告诉他们谁将留下，谁将被时光无情地带走
那些低矮的窑洞逐渐成为消失的遗迹
早起的晨光用仅剩的两颗龋齿
慢慢咀嚼田野四处飘溢的芬芳
所有湿漉漉的挽留
不过是日复一日迈向死亡时
永远新鲜的企图
窑洞里铺展的蛛网
最终没有和时间并肩
只在无意中捕获了一只
刚刚出生不久的小麻雀
门前无人问津的杂草
用纷繁凌乱的线条
再次求证这里卧着的
火车刚刚经过的
是一组逐渐消失，即将成为遗迹的
低矮窑洞

杯中的天空

彼此对望的距离，不过是
三杯两盏淡酒和深情目光熬煮而成的
一个汤匙。离离青草
策马奔来，嘚嘚的马蹄
在敏感的味蕾下，踏出唇边
清脆的露珠香
送走七月，鹅黄的宣纸上慢慢隐现
秋天获得新生时
低调蜕变留下的灰烬
在黄昏浸染的河里
我没有看到孤独成双的倒影
什么都不必讲
五谷曾在文火上囤积煎熬
清澈的眼睛倒映出风箱被拉响时
枯如春天的手臂
有人垂下稻穗的头颅
杯中盛开出一片殷红的天空

谈论病痛

流经全身的血液，飞针走线般掇下
细细密密的针脚。黑暗如碳的药液
奔涌进发烫的身体
用一种绝对的静
感受脉搏相对的跳动
阳光漂浮在床单上
白色成为虚无仅有的颜色
有人聊着天气地震吸毒和绯闻
紫蓝方格的病号服
紧紧包裹企图逃逸的病毒
粉色雏菊小口亲吻康乃馨
安静吐露无人能解的花语
从清晨到黄昏
我们似乎什么都谈论了
却唯独没有谈论病痛

滴落的灵魂

从高处飞，才能用眼睛聆听冰雪消融时
大地捧出第一朵雨滴
千万条河流因灼热的嫉妒
熊熊燃烧起的冰冷绝望
在这个白色无限蔓延的空间
我被一张轻薄的白纸摧毁信念
好多时候，我们以为逃离了生死
其实，我们只是踏着生的节拍
一步步迈向死亡
或者是小声哼着死亡的歌谣
远离呼吸的天堂
我的灵魂正在滴落
阳光以凋谢的速度
一垄垄烘晒青草茵茵的稻花香
行走在夕阳编织的田间地头
我再也无法让脚步游离在大地之外
我一遍遍默念心经
天空传来悠远的回响
仿佛灵魂滴落的声音
就是儿时被母亲呼唤的乳名

羽毛

用白银的月亮
捧出内心荒草丛生处锻造的唯一的美
黑夜熠熠生辉，每颗星星
都是一个陌生人的眼睛
他们狰狞着尖叫，近乎睡梦的洁白
在静止的河流中，情不自禁说出嘶哑的呓语
不用割裂的春风提醒
我就已知道
我需要羽毛遮盖自己
我如大地般裸露自己的身体
暴晒血管，皲裂皮肤
用采摘爱情时虔诚的态度
采摘晚熟的果实
当锋利的嘴巴
吐出最后一颗果核
它用骄傲的姿态
化身为一片轻盈的羽毛
遮盖在我空无一物的身上

品茶

夜色渲染着大地，茶水的温度
刚好弥补这个季节的空白
深沉的颜色仿佛是从天空中挖补的一块
鲜红的枸杞，替代了星星的点缀
决明子沉下来，一如波涛涌过的大海

你望着茶杯，整颗心都随着茶叶浮沉
清香的气味弥漫在远处的荒野
什么都没有改变，一朵花正静悄悄地吐露芬芳

明亮的正午，让我说些什么好呢
我们已经错过了许多美好的时刻
而今，还依旧在错过
无论如何挽留，冰凉的手
总是会从另一双冰凉的手中抽走

手握茶杯的时候，我会守候
就如曾经有过的守候一般，守候下一个春天
守候你踏着浓重夜色的归来
步履蹒跚，我什么也不说
什么也不怪。喝完这杯茶
我才尝到了思念苦楚的滋味

这些花儿

这些花儿都是为你开放，只有你才知道
它们的身上带着无味的清香

一朵，两朵，千百朵
次第微笑。是秋天的太阳投影在大地
是飞翔的蒲公英，撒落旋转的太阳伞
是女儿明亮的眼睛，在夜晚闪烁成满天的星星
是爱，无声的歌唱，想念
一遍又一遍。

如果有一天，你累了
歇息在向阳的山坡，你且看看那些
漫山遍野，璀璨明亮的花儿
你要知道，它们是为你开放
只为打发你的疲惫与恓惶

低诉

我一次次低声倾诉，这儿真美
霞光映照的天空，如一团燃烧的红云
在大地的深处，幻化出人间难有的美景
我走向天边，裹一袭暮色
携两缕秋风，将满怀的心事通过目光吐纳
只为在茫茫的戈壁，寻到落脚的暖床

一切影子在时光里淡着

一百朵花热烈歌唱
一千片叶子静谧地生长
一万个日子如溪水般自顾自地流淌

最贫瘠的土地
也被你踩踏出矢车菊的芬芳
大地深处的马蹄声
正嘚嘚响彻在回家的方向

我们总是在无意间走得太远
手臂够不到的夜晚
幸好有星星做伴
一切影子在时光里淡着
一切爱情在青春的回忆里鲜活着

反正都是老
总要选择一种老去的方式
或者脚步跟随心
或者心空守着梦

你从来不说什么
你只沉默着来到我身边

九月的眼睛
在各种树木的摇曳中
拦截了爱的温度

就这样走吧
你说的：
走吧
走吧
走了才算！

十月的同心即将迎来
初冬的第一场寒
所有的花朵都回归大地
天空是广阔的蓝
我在窗边捎一句话
你在梦中肯定能告诉我答案

终有一天，你会悲伤

终有一天，你会悲伤
一如我曾经的悲伤
白色的风力发电机
用三瓣叶片迎接有风的傍晚
高速公路两旁
洒满逆流成河的泪水
春天的那场冰雪
暴虐地掠夺了
所有果树开花结果的希望
而你也只用一个若无其事的眼神
就折断了我勇往直前飞向你的翅膀

夕阳西沉，由樱草黄渐渐沦为铁锈红
我在落日的颜色中慢慢平静自己的心
有风吹来，有鸟落在荒瘠的山梁上
当月亮升起，我就会成为一抹宁静的月光
皎洁，无瑕。一如冬天的第一场雪

我再也不是疯狂的海洋
我再也不会用痴情的目光
燃烧脆弱的心脏
我将自己沉默成一颗陨石

我甘愿坠落在人间，独享一个人的孤单
我已经悲伤过，或者我正在悲伤
我相信，终有一天
你也会悲伤，一如我曾经的悲伤
甚至比我的悲伤更悲伤

等待

一朵花，停息在这里
自顾自地让青春逝去
枯萎了才知道
爱情就是漫无边际的等待
你来了，爱情就来了
你没有来，爱情也已经来过了

沉下去

沉下去，一直沉到幸福底部
积淀成营养丰富的沃土
等来年冰消雪融
将这粒爱情的种子深埋于此
天旱的时候记得浇水
盛夏的季节不忘除虫
精心照料
直到年老
白发苍苍
腰身佝偻
眼神失去光彩
一片浑浊中
我看见相扶到老的未来

卷四

半湖月光

在低处

这爱，暖暖的
都留在低处
像未结冰的水
缓缓涌向柔软的心

夕阳徐徐下沉
我坐在山坡上
比云朵高
比河流低
比时间慢
比岁月长

在低处
我只等到了一抹斜阳

盖房子

我在盖这座房子的时候
没有想到未来
也没有企图留下你余生的追逐
沾满唾液的羽毛
一根根落在实处
堆砌成一个心形的窝铺
你想我的时候
我们可以相拥入眠
那松木的桌子，松木的凳子
是我每天工作的地方
煮字疗饥，顺便喂饱饥肠辘辘的想念
还有炉中的炭火
烧得正好，不冷不热
保持在最佳的温度
虚掩的门扉，一直为你留着
你归来的时候
不用敲门，轻轻地推开
我就坐在窗旁，你一眼可以望见
我含笑的脸庞
这就是我能给你的全部
一座小小的房子
一个暖暖的家

再见的夏天

一朵朵雏菊安静地生长
我起身离开的时候
整片雏菊也没有发出任何声响
落下来，落下来
我期待一点阳光，两点阳光
落下来，落在这
我曾经等你
一天又一天的山坡上
击破每一处阴影
让晦暗的气息随着夕阳
沉去山的另一边
而我，只是起身
拍拍裤子上的土
微笑着和夏天说再见

我在繁花似锦的六月丢了你

我在繁花似锦的六月丢了你
我在霞光浸染的清晨遗失了回忆
薄薄的雾都消散在你浓郁的哀愁里
夭夭艳艳的山桃花
无视我眼中的战栗
跳跃着清粉色的芳香
在层层缕缕的梯田中寻觅你的踪迹

我无声地哭泣
我丢了你
如同丢了六月里的一场雨
只剩下烈日
炙烤着焦灼的大地

远处是金色的太阳
远处是金色太阳笼罩下的六盘山
有一片翠绿正葳蕤生长
有一片悲伤正坠落大地
而我，终于在繁花似锦的六月丢了你

梦中的青海湖

这是我不止一次
梦中到达的地方
天光云影
海鸥徘徊
有什么徜徉在海面上
有什么平静在岸边
我们站在水天一色的地方
看着对面的水天一色
蓝是这里最好的情节
上演着各种悲欢离合
或者只有喜悦
相扶到老，不离不弃

如果可以，我希望绕湖一圈
如果不行，那就能走多远走多远
在不疾不徐的脚步里
将生命无限拉长
将思念永远搁浅
只求这一刻
地久天长

什么都满满的，只有爱情空着

这应该是九月
阳光被揉碎了，如金子般掬握在掌心
用力地向天空划过一个弧度
那些光就落下来，均匀地落在
每一片落叶上
每一棵树下
以及我们曾经每天走过的石径旁

我喜欢踩着落叶走路
仿佛踏着夜晚的月光
唰啦啦的响声
就像你醉酒后的情话
温热，真诚
深深地懂得我的心

那一刻，我是温暖的
像世间任何一个普通的女人
噼啪作响的炉火映红了我的脸
我在昏暗的油灯下
用细密的针脚缝补你和孩子换下的衣裳

那一刻，诗歌离我是遥远的

它远远没有你的鼾声动听
也没有炕上的一床旧棉被柔软
孩子在睡梦中还噘着吃奶的嘴巴
我的乳香胜过一切爱的教育

那一刻，我心甘情愿做你的女人
在一口汤水里吞咽着四季
用一瓢山泉滋润丰腴的身体
老屋后的烟囱，冒出的不仅是一日三餐
还有我们渐渐衰老的容颜

现在，时光又走到九月
什么都在
什么都满满的
落叶，树木，石径
我们坐过的长凳
你为我在树上刻下的名字
都在。都满满当当的
唯独我们，离开了这里
空空的
没有为世界留下
我们曾经相爱的痕迹

送一些西北风去北京

路途迢迢，送一些西北风去北京
惊蛰等在贺兰山寂静的垭口
春还料着峭，空气轻薄
早早透出桃花睡醒的味道
黄河的水汽泛出浪花，蒸腾后隐入天空
经过阳光的抚摸，刺绣成翅膀
有了风坚硬的骨骼和柔软的脉络
某个夜晚，月亮隐入漆黑的云团
西北风终于迈着款款的舞步
低声吼叫着，嗓音嘶哑
用一种强劲有力，带着西北汉子的蛮狠霸道
把这片厚重的土地好好地疼爱了一回
送一些西北风去北京吧
让北京也尝尝我们宁夏的味道
风里有老家麻雀的喳喳声
有河流破裂，冰层融入水中
海鸟从岸边飞起，枯黄的芦苇抖动出唰唰声
六盘山上薄雪覆盖，层次感强烈的梯田
用弧线勾勒出一句句诗行
意蕴深远。再没有比这更有诗意的春天了
让穹顶之下的北京也尝尝
枸杞的根在冰冻的大地下挣脱束缚

输送翠绿色的希望给枝头的第一片嫩芽
大漠黄河等待的不仅是落日
朝霞的一抹微笑能融化整个世界
钢质属性的冰冷构架
就让我们的西北风去吧，吹散北京的雾霾
带去这里淳朴的美
一起做春天的功课
一起等柳絮纷飞，玉兰花开

看见春天，我就想到爱情

整个世界都光彩熠熠
清晨的杜鹃发出第一声啼鸣
我在温暖的光中
捕捉到大地红褐色的笑容
泛白的线条是我随你日日走过的生命脉络
蜿蜒的影子丈量着家与天涯的距离
仿佛一个转身
我们就能地久天长

是的，我要的就是地久天长
长长久久的守候
不离不弃的相依
在千万丈光芒中
截取足够温暖我们整个四季的一段
生火，煮饭
有星星的夜晚
为闪亮的眼睛做伴
我赖在你的怀里
什么也不说
就像春天在地头劳作时
我陪在你的身边
翠绿一片

我可以缓慢地爱你

仿佛整个青春都被遗失了，春色如水
只留下一些风干的记忆，停留在
十里之外的远方

再给我一些甜蜜吧，让我能想起秋天
再给我一些烛火吧，让我能浸入夜晚
我将高举起酒樽
那是由九月的葡萄酿造的美酒
饮干后，一滴滴
全是芬芳的眼泪

我不着急，我就这样不慌不忙地爱你吧
岁月悠长，日子缓慢
即使黄昏的太阳走得急匆匆
天边的云朵却在山尖上等了又等

好多个夜里，我都梦见你
身材颀长，笑容温暖
仿佛一伸手，就能拉我进怀里
我不要站成树，不要沉默着和你度过一生
絮絮叨叨，不慌不忙
是我爱你的最好方式

一列火车停在那里

一列火车停在那里
装满了黑色的忧郁
夜色落下
如淋湿的渔网

裸露在外面的
一如既往的干燥
只有看不见的内心
有了被延绵十五公里长的长流水
浸润过的湿

一列火车停在那里
好久了，纹丝不动
一只鹰俯冲过水面
水面也没动
我再抬头
不等察觉
火车已经从我心上开走

悲伤的姑娘

一大片戈壁
被一条沙丘小路窄窄地分隔
更添荒凉的温度
偶尔跑过几只黑色的虫子
间或苍白的壁虎
破坏了旷野中巨大的寂静

我赤脚走在沙丘上
手机按下音乐播放键
陈升的歌声嘶哑且悲伤
他唱着：把我的悲伤留给自己
你的美丽让你带走
我抬头看向远方
觉得自己就是那个
被他倾诉的姑娘

醉

火焰矮下去
灰烬有了夜的轮廓
他们还在喝着
借着白酒、啤酒混杂的醉意
说着一些平时不说的醉话
我的面前是早已饮尽的空酒杯
我却一直没醉

那一夜

如果真的期待一次热烈的燃烧
或许只有那些老树根
才懂得夜晚的燃点有多高
跳跃着　奔涌着
一簇簇火焰用自己的方式
爱着生命的隆重
即使最终只剩下灰烬
燃烧的那一刻
依旧活得光明

人群散尽　我们靠近火焰
小心翼翼且怀有敬意
如同当初　靠近爱情

荒寂的村庄没有一点声响
一棵老树斜掠过灰白色的蒙古包
各位姐姐在里面睡得正香

五六个人没有睡意
我望着火焰沉默不语
想起了女儿、母亲和远方

秋风吹过的山坡

滚了又滚。一颗石头
在秋风吹过的山坡上
用一小段完美的弧线
完成了它在某个午后
生命的一段轨迹

一只山羚羊跳跃着，轻巧而迅速
仿佛记忆在截取过往的那些甜蜜片段
又一颗石头被踢落
继续滚了又滚
在秋风吹过的山坡
在我想你的时刻

一只蜻蜓

一只蜻蜓打着旋飞翔
背上驮着另一只，我看不清
它们一直在我面前旋转，带着疼痛
是的，因为我自己感觉疼痛
它们落下来，停在脚边
我去捉它，一只蜜蜂意外地逃走
蜻蜓留在那里，安静疗伤
是的，因为我刚刚痊愈

清晨

叶子走了，树还在
一步也没有离开
像年复一年的春天、夏天
和金黄的秋天

一只鸟停在树梢上
啁啾的鸣叫
叨扰着清晨
安慰一棵被秋风掏空内心的树

这个公园的树很多
但不是每棵树上都有鸟
也不是每棵树都能听见鸟叫
我从树下晨跑
公园里几百棵树
我只羡慕这一棵

这里是银川

这里是银川，一只麻雀穿过树梢
唤醒了黎明后的城市
贺兰山隐约不见，被天色收容
从东到西，宽广的北京路
突然显得狭小

每个清晨，我都和她说早安
我问候每座楼和每棵树
我和所有的陌生人一起跑步
当树林开始有曙光
我的孤独没有留下阴影

这里是银川，一轮月亮送来了夜晚
清浅的光辉挂在贺兰山巅
中阿之轴的月牙洁白明亮
我想你时，眼睛就会发出同样的光

每个深夜，星星和我说晚安
一杯浓茶，晕染了窗外在夜色中静默的槐树
它们多么安静，从来不互相交谈
生怕惊扰了我的孤独

一个无所事事的早晨

窗外的槐树
一半明亮一半安静
我坐在窗前用手撕碎时间
化为流水从指缝间流走
浓郁的咖啡香弥漫在房间
昨晚你没有入梦来
失去了贪睡的借口
我今天才准时醒来

六点。黎明和清晨的分界线
红红的一针一线缝制在心间
你在那边，孤独在这边
细密的针脚被整整齐齐地排列
如果我不说你大概永远想不出
爱也可以如此简单

一个无所事事的早晨被我挥霍
借着清凉的风与看得见的蔚蓝
借着想象与拖延
我坐在窗前撕碎时间

一缕一缕扎成洁白的风筝

用爱纺出长长的线轱辘
打开窗送它飞
想飞多远飞多远
我微笑送它离开

隔着白纱帘，槐树越来越明亮
在阳光面前，我们做什么都微不足道

大雨滂沱的城市

进去之前城市还是明媚的黄昏
我们就着夕阳喝酒、吃火锅、品冰淇淋
谈论电影和女朋友
满桌子的羊肉卷、牛肉卷和金针菇
白色杯子里盛满一个城市的喧嚣

这样欢乐的时刻真的很美妙
我们离开了独立的自我
把轻松的云朵送上贺兰山巅
细数过往的忧伤与孤独
这一秒更显得珍贵且难得

挥手的时候整座城市大雨滂沱
像个哭泣的男人
用汹涌的泪水清洗内心的彷徨
雨水淡漠了红绿灯的颜色
我们走在回家的路上
一直没有迷失方向

最寂静的时刻

最寂静的时刻，风从林中徐徐吹来
几只鸟啁啾在枝头，看不见它们细碎的身影
欢快的叫声把正午装点得异常躁动
几叶六安瓜茶在茶杯中惬意地舒展
清褐色的茶水吸纳了太阳光
暖暖地照在桌上一小片

最寂静的时刻我也没有睡意
白纱窗上落满了蓝色蝴蝶留下的翅膀印
空气中波动的频率
恰恰梳理出我想你的脉络
低低的鼾声沉浸在枕边
女儿睡了，我还醒着等你入梦

一千个春天等在门外

只要你打开门出去，一千个春天就等在门外
南极融化的冰雪流淌成河，带走冬天的落寞
太阳出来的时候，十七岁的女孩也换了心情
娇羞的脸庞绣上一朵金黄的雏菊，笑颜如花
期待一段朦朦胧胧的爱情被揭开洁白的面纱
一切都刚刚好。春天来了万物复苏水清山秀
黑色的小皮鞋踮起脚尖跳上一段活泼的舞蹈
唤醒林荫小道上一只只麻雀的喳叫，好热闹
夕阳西下，一对少年坐在山坡对着天空数数
一个春天。两个春天。三个春天。四五六七
个春天。星星出来，闪耀的明亮暗淡了春天
他们依偎着睡去，等待天亮之后一起说早安
寂静的黑暗用月光为他们盖起了小小的房子
一片树叶落下来，镶嵌在夜空成为一扇窗户
露水凝固在低矮的花瓣，口渴了就喂她喝水
第一道曙光映照在天边，她睁开眼睛亲吻他
湿润的嘴唇带着雏菊的清香。他笑着说早安
伸手推开虚掩的门扉，一千个春天等在门外

青铜铸造

滚烫的铜水流进木质的模子
雕刻出的纹络把悲伤情绪用另一种恒久掩埋
青铜的面容经过千万年风雨侵袭丝毫不改
多世轮回，来到金戈铁马流年征战的地方
山静默，水无声，芦苇丛生却不见你的身影

这青铜铸造的时代终锻造出青铜铸造的爱情
这渴望永恒的岁月亦雕刻下渴望永恒的恋人
我留守在苍老斑驳的时光中不愿染一丝尘埃
船行湖上惊起的涟漪最终是惊动了谁的心事
骡车上吼出的一曲山花儿在天空中越飘越远

我留下
只等一个青铜铸造的你

夏天之后

百花的面容凋零成落花
杏子熟了桃子熟了只有爱情还青涩
黄河流淌千年万年
星辰稀疏的夜晚才会偷偷思恋他

夏天之后蝉也走了
所有的表意都聚拢在牵牛花上
一个女孩坐在篱笆下
一只蜻蜓停在篱笆上
谁也不打扰谁
仿佛安静地睡着了

挽歌

我知道我不会成为划破你心脏
疼痛的闪电。大雨如注
浇透了秋冬春。送走忧郁的灰太阳
我也只能在你的窗前
盛开一季。多么短暂

如果是这样，我愿用整个花期
换一条河流。绵长且久远
从你隐忍的心上流过
从相遇到告别

漫长的，白日梦

也只睡了那么一季
乌云变淡，露出天空本有的蔚蓝
四只麻雀落在窗前
循声望过去
它们又相继飞走，像是无可挽留的
昨天。我真的睡着了

梦带我去了童年，看见蜻蜓
牵牛花和矮矮的墙篱笆
看见头上的红发卡
落在草丛里。你提着水桶经过
弯腰捡起，捏在手里
再也没松开，停在家门口

轻敲窗户，我从六岁的梦中惊醒
赤脚站在窗前，看见窗台上的红发卡
亮得像团火。我一直猜测
是谁还回来我的发卡
多年过去，一个漫长的白日梦
终于解开心里三十年的谜

半湖月光

记忆里总有一片湖
明晃晃地亮在落满烟草灰的心上

黑漆漆的夜，目光如波涛般
涌向窗外。鹅蛋黄的月亮
不懂我的忧伤。它什么也不懂
只是静静地挂在天上。看着我
静静地忧伤

我曾鼓起十万分的勇气，约一个男孩
在月光下散步。我们什么也不说
一步步踩在月光上，如张满风的白帆
在浪花巨大力量的推动下，奔赴湖边

最终，我们也只是看到一半的湖面
一座桥将湖水分割两半
我们在这边，矜持在那边

十年后，当我再次想起那个夜晚
想起青涩的男孩，和那轮鹅蛋黄的月亮
不禁哑然失笑

春语

一朵花跟着一朵花开放
一万朵花密匝匝串在一起
素净的双手勾勒出清晨的霓裳
微风袭来，阵阵清香
四月的花海裁剪成春天的模样
白玉兰盛开在枝头
洁白如安静熟睡的云朵
从树下走过，能嗅到梦的香甜味道
地漏的水花飞溅到草坪上
和斑驳的阳光一起落下
浸湿了林荫道上的青石板
白色的球鞋一跃而过
用完美的弧度向春天表达最深的喜悦
田野应该早已葱绿
和泰晤士小镇的安静形成
色彩鲜明的对比
坐在繁花似锦的都市中想象春天的密语
是谁说，春来了
世间万物的美好也即将到来
即便有片刻的黑暗
也仅仅是为了映衬
春光明媚无限好

有着花椒香味的清晨

走近之前
每一棵花椒树都如安静的姑娘
贤淑地站立在山坡上
清晨的阳光冲开厚重的乌云
将金色的光芒洒在花椒树微微卷曲的叶子上
枝头挂满了愉悦生长的花椒粒
翠绿包裹着大地

春天独有的乳香在它们身上肆意绽放
成熟后，它们为世间千百种食物调味
收割前，它们只静静地芬芳自己
掐开一点点绿色的外皮
你能嗅到浓郁的清香
是外婆用铁勺炒出的老鸡蛋
是母亲用砂锅炖好的羊羔肉
那一刻蜂拥而至
用香味代替记忆

生活庸庸碌碌
也只在这个清晨
在一棵花椒树前
你有了想家的确切愿望

雏菊

整个世界都明亮了
白色的花瓣如剪开的云朵
把蓝天的高远和寂寞低声说给大地倾听
沉睡的土壤被一粒种子叫醒
酣畅的美梦停留在即将牵手的一瞬
淡黄色的花蕊终于覆盖了内心久远的伤痛
仅仅用了一个春天
河流就完成了整个水粉色系的深浅变化

一只蝴蝶先我而来
他对雏菊的亲昵让我想起十七岁的爱情
喜欢了，就努力靠近
青涩的气息可以芬芳所有寂静的深夜
想念是一种美好的滋味
就着深褐色的咖啡，饮尽冬雪的冰冷
只有真诚爱过的人才能心领神会

世间所有的喜欢都是前定
你唯一爱过谁，他就是你永生不能放下的沉重
一朵雏菊开在春天，一只蝴蝶落在夏天
他们仅匆匆地见了一面
往后的时光里，就再也没有秋天和冬天

春天说来就来

整棵树都亮了
枯瘦的枝干涂满阳光的颜色
两场雪陆续到来
小男孩在院子里捡拾着麻雀的叽喳声
马路对面的公园里
喜鹊早已泄露了桃树发芽的讯息
整片树林肃穆以待
生怕惊扰了还在沉睡的落叶
春来了，一切都变得不一样
一双晾干的棉袜子
还记着零下的温度
一根红丝带
已经在向云朵招手
我从一个窗口
挪到另一个窗口
丝质的白纱帘洗去一季的灰尘
我明明在思念
微笑却偷偷挂在嘴角
像夜晚的上弦月

冬日午睡

在离你最近的地方
沉沉睡去
做一个冬日午后的梦
奢侈，缓慢
不着急醒来

在梦里又梦见你
乌黑的头发，浓密的眼睫毛
面色白皙，一如冬日清晨的冷霜
我把手送进你手里
持续的温暖如窗外的冰凌花
慢慢融化

日子如此漫长
一个冬天又一个冬天
十七岁走了，三十七岁还在后面等着
好多东西变了旧模样
记忆浅淡
如熬煮一罐浓茶
时间久了
不添置新茶
就品不出熟悉的味道

我还在梦里
闭着眼睛
依旧看到落地窗前橘色的花瓣上
留着十月的阳光
以及你面容的清香

时间已然静止
河流失去了声音
微微的呼吸吐纳大雪来临前的情绪
睡醒之后
窗外是否可以看见
第一片雪花
飘然落下

冬天用一个晚上，降临人间

下雪的消息
早在一个月前就成为河流潜在水底的秘密
金黄的芦苇在风中沉默
用一股来自大地深处的坚韧
等待冬天来临前最后的告别

不过是两个字的重量
他们却用尽了一生的力气
才能在雪花飘落时
不低下骄傲的头颅

秋天的雨滴都不如这般寒冷
即使站在窗前
你的心也感受到雪花融化
吸纳世间温度留下的寒气

夜色弥漫的时候沉沉睡去
你渴望做一个冗长的梦
醒来时最好春光明媚
却不想冬天只用了一个晚上
就降临人间

相似的时刻

生命中总有一些时刻是相似的
低矮的群山上还留着一些残雪
寂静的庙宇被一把铜锁扣住门扉
慕名前来求佛的世人
再也听不到低沉的木鱼声

树木落尽了碧绿的叶子
空旷的田野燃烧着冬日的荒凉
如果铁锹可以挖掘记忆
河流的血脉能否连通
三月的第一缕春风

大雪无声飘落的那个夜晚
我忽然想起一些动人的时刻
它在生命中无数次重复
一杯咖啡被离别煮沸
一朵雏菊燃烧成太阳
一次午睡聚焦在脸上
一个背影使用长镜头

假如这些还不能舒展
你眉头紧锁的沟壑

我将用回忆温习过的黄土
掩盖落日金黄的埋体
同时填平眼泪落下时的水滴石穿
和你内心深处掩藏的暗流涌动

生命中总有一些时刻是相似的
比如此时，比如昨天的某一刻

我在冰凌花上看到春天

两扇窗户在一场大雪之后
摊开透明的纸张开始临摹
左边是东北的白桦林
右边是黄河岸边的芦苇丛
它们好像知道我的心思
或者是我在梦里
无意中吐露了心声
深夜落下黑色的帷幕
凭借一点星星的光亮
它们在黑暗中一笔笔描绘
当下一个清晨来临
我站在窗前
不经意间发现了另一个真实的自己

我走过的路都被隐在林间
一缕缕清风刮过我的发梢
有人在身后曾默默地凝视
我走了好远却都不曾发现

冰凌花，美丽的冰凌花
穿上记忆的旧棉袄
试图温暖我们渐行渐远渐冰凉的内心

太阳出来，它慢慢融化
像十七岁红雨伞邂逅的那场雨
像后来离家太远流过的眼泪
像生活偶尔给予的一点点甜蜜

一声呼唤惊醒了我的回忆
窗户上只剩下几行水痕
证明冰凌花真的盛开过
而我也在消失了的图画中
看见整个春天

爱情很轻，我一直爱着

内心快要荒芜成一块破旧的抹布
如春天舍弃的野草
在寂寥无人的荒野中
等待一根火柴的救赎
以此和命运完成一场你死我活的决裂

或者就这样爱着
寂静无声。把唯一带有余温的灰烬
用一口吐沫和着带血的牙齿
一起吞咽。多么壮烈
如果爱情需要一种仪式
我是否还能这么端庄地微笑
看春天如何过渡到夏天
看黎明如何燃烧尽黑暗
我只一步步退回冰雪消融的荒野
用一粒小石子敲击另一粒石子
在脆裂的声响中听到爱情的低吟

亲爱的，爱情很轻
可我一直爱着。你可能不信
但这是我在世间
唯一证明自己活着的铁证

微风吹过的夜晚

风是突然起来的
或者早就有了
只是我们没有注意到
坐在县城喧闹的商业街口
烧烤摊后烟雾缭绕
一些面孔变得陌生
像被遗忘多年的老朋友
一瓶白酒分倒在四只啤酒杯里
轻轻的碰杯声中
我们各自饮尽
这半生的孤独
月亮异常清晰
皎洁的光辉辉映着喧嚣的大地
他们为了一个玩笑争执
涨红着脸颊像个不懂事的孩子
心怀喜悦的我静默不语
微风吹来　这样的夜晚
真像是一个礼物

致我

我喜欢躲过人群之后的热闹
沏一壶世态炎凉茶
酱一盘人情冷暖菜
夹箸品味冬去春来日渐暖
抿汤感受夏花秋雨风乍起
三碟两碗果蔬绿翠
五道八桌友朋高歌
你来了我往
我走了她送
依依惜别堪比黄昏情
轻吟一首月下曲
繁星酷暑夜难眠
汉唐的黄河流过大秦的渠
硝烟滚滚沉没在渠底
抓一把泥沙握在手心里
三千年的情愫交织在一起
今日的我是否爱过八百年前的你
时光穿梭我只记你在梦里
褪去所有的繁华，只留一席简单的空白
我重新书写你，你依旧等着我
念烟波沉沉，念浩海茫茫
撑一叶小帆，千里万里寻你去

秘密

我有好多好多秘密，你想听哪个
没有从我嘴里说出的都是秘密
包括喜欢你
以前我把什么都说给朋友听
说给春天，说给风

我的心里空空的
眼泪也无法填满
一只鸟落在窗前
黑漆漆的眼睛看着我
羽毛闪亮像夜空璀璨的星

我问它：
亲爱的，你为什么这么快乐
它抖动翅膀，欲飞走，又落下
婉转的声音如天籁：
我的每一根羽毛
我的眼睛，眼睛里的光都是秘密
我爱谁，并不让他知道
我喜欢自己留着
因为我爱着，深深的
谁也不知道

还原

让灰烬还原成火焰
让遗忘还原成夜不能眠
让咖啡还原成常绿小乔木
让蒲公英还原成大地冰封的僵土

让我们还原成十七岁
你从我身边走过
白衬衣在阳光下微微颤抖
云朵衬着皎洁的眼眸
荡开一湖温柔的涟漪
我坐在七月
只顾低头看书
没有捡到
你丢下的钥匙扣

征途

走完每一步
身后都被命运之刀砍伐
双脚站立的后方
已劈成悬崖峭壁

现实从不和梦想妥协
梦想越高远
注定只能溯溪而上

无数个黑夜聚集成盈盈的火焰
持续燃烧时间的洪流
站在黎明的前方
长久的黑暗让你泪流满面
霞光晕染的时刻
你想起了孤独的夜

跋：为什么“青铜铸造”

写诗的人都有一个梦想，出诗集。当我写下第一首诗时，我也开始做这个梦。没想到，这一梦就梦了快二十年。“踩着月光回家”，是我第一个想到的诗集的名字，温暖、明亮，又安静，这是我对幸福向往的样子。除了这个名字，再没想过第二个。直到去年，我的心境一下变了好多，对生活，对感情，对工作，都有了新的理解，无意中我写下一首诗《青铜铸造》，那一刻，我觉得我把自己完整地交给了这首诗，它在某种意义上代表着我对自己的理解和表达。

我是典型天秤座女生，和家人朋友同事在一起时，无论别人说什么，我都会微笑应和说好，一旦面对内心珍贵的东西时，往往固执得不可理喻，是那种见了黄河都不死心，撞了南墙还要继续往前走的人。

初中时，我无意中读到何达的一首诗《我是不会变心的》：“我是不会变心的 / 就是不会变 / 大理石雕成像 / 铜铸成钟 / 而我这个人 / 是用忠诚制造 / 即使是破了，碎了 / 我片片都是忠诚。”我一下子喜欢上这首诗，并牢牢记在心里，可以说，这首诗也深深地影响了我。在我对爱情迷惑的时候，在我对梦想绝望的时候，在我对生活感恩的时候，我都想起这首诗。没错，我就是忠诚制造的，即使破了，碎了，片片都是忠诚。

离开银川之前，和妞出去购物，回家的路上想起诗集的事，问她“踩着月光回家”和“青铜铸造”哪个好听，她毫不犹豫地说“青铜铸造”，我问她为啥。她说：“‘踩着月光回家’太直白了，而且还很土，一听就知道是啥意思，不能给人联想，不像‘青铜铸造’，看了名字我就想看看里面写了什么。”

我把“青铜铸造”报上去，杨老师给我打电话，说名字不好，让我重新换一个。挂断电话，我问旁边女生，她说《青铜铸造》一听就是本技术类书籍，像《钢铁是怎样炼成的》之类。我开始动摇了，开剧本讨论会的间隙还在偷偷想名字。

睡了一觉，早上起床，我给杨老师发短信：“老师，我想了又想，还是喜欢‘青铜铸造’，你就让我用这个名字吧。我出诗集只是因为自己喜欢写诗，从十七岁写第一首诗到现在也快二十年了，我知道我写得不好，但就是喜欢，像暗恋一个人，出书对我来说就是表白。”

三秒之后，杨老师给我回复短信：“行。”

是为《青铜铸造》书名，记之。

2016 年 6 月 16 日于北京